詩集

小名木川

島田 紀孝

栄光出版社

詩集　小名木川

目次

序……7
其ノ一　万年橋……9
其ノ二　楽楽橋……14
其ノ三　高　橋……25
其ノ四　東深川橋……36
其ノ五　大富橋……42
其ノ六　扇　橋……57
其ノ七　再び万年橋……62
其ノ八　葛西橋……71
其ノ九　番所橋……105
其ノ十　丸八橋……107
其ノ十一　新大橋……116
其ノ十二　再び楽楽橋……122
其ノ十三　二つ目通り……127

其ノ十四　再び東深川橋……153
其ノ十五　扇橋閘門……161
其ノ十六　小名木川……166
水郷福住異聞……169
其ノ一　御船橋憧憬……170
其ノ二　黒亀橋憧憬……174
其ノ三　丸太橋憧憬……178
其ノ四　福島橋憧憬……180
其ノ五　元木橋憧憬……183
其ノ六　千鳥橋憧憬……185
其ノ七　緑橋憧憬……187

詩集

小名木川

序

一九七二年、結婚と就職のため、長野県茅野市蓼科高原へと、カミさんと二人でやってきた。

天を覆った針葉樹の群れを見ても、蔓草を樹間に張り廻らしている、広葉樹の森林を見ても、リスやヤマネや姫ネズミやウサギやキジやシカの群れを見てもカキシブやシラクチやアケビや、フキノトウやヤマウドやシメジやジコボウやに出合ってその一つ一つの名前を知らなくとも、私達には何の不都合もなかった。

雨が何日も降り続いても逆に日照りが何日続いても、風や雪やが何日続いても、私達二人には何の不都合もなかった。

月日のめぐりは日めくりのカレンダーの如く一年、一年のたびに柱に掛ける日の残りが少なくなると、そこで新しい年のものと掛け替え、歳月は〝無限〟と思われる中に僕達は在った。

〝還暦〟になった年、先輩から赤い毛糸のサルマタが贈られて来た。本当にこんな物を贈って、こんな祝いをするものかと半ば笑い、半ば冗談だと思った。

あの還暦から十五年、何処で失ってしまったのやら、十五年間の空間と抜け殻のようになったぼくとが、今残っている。

次の五年間、ひどく意識して暮らしたとしても還暦からの十五年間よりも、不確かさしか残らない。

何処まで生きる、何年生きる——といった今の私には計画も立たない。

私の育ってきた証し、東京深川〝小名木川〟に在ると思われる。

小名木川がどんな川であって、その河畔に何を置いて来たのか、ちょっと懐かしんでみたい。

平成二十七年・霜月　　島田紀孝

其ノ一　万年橋

麗しき　九月の空の　白き雲
　永きを待たず　水面を去れり

昭和三十年九月　時は十一時
昨夕からの柔らかな霧も上がり
対岸の倉庫や家々の持つ
一つ一つの角がすっきりと見えて
この年の九月一番の日となった
空は水面を映して
水面は空を映して
共に蒼く深くただ一片の浮雲がなければ

天地は更に平坦なものと成って
少女の印象にも残らなかったろう
だがその時
激しく手の平を打ち叩く様な
焼き玉煙塵音をさせて一隻のポンポン船が
墨田江上を上って来る
ポンポン船は二隻のダルマ船を曳き
喫水線が深い
荷が重いのだ
それであんなにも水は
船端に登って洗い流しているのだ
勝鬨　永代　清洲と
ダルマ船は二隻目も深々と船体を沈めている
勝鬨　永代　清洲と

優美な橋をくぐって来たポンポン船は
新大橋間近になって
大きく舵を切った
ポンポン船と
ダルマ船を結ぶ舫い綱が直角に曲った時
ポンポン船はお蚕様の様に
身を大きく捩った
隅田川の左岸に
小名木下口の万年橋へと船先を向けた
万年橋上の
少女は驚いて
揃えた紅緒の下駄を半歩引いた
船が万年橋の下を潜る時
手拭いで頭を縛った船長は

少女に向かって口笛を吹いた
少女の眸は一杯に見開かれ
顔は忽ち真赤になった
船は少女の足下で
焼玉エンジンを二度破裂させた
一隻目のダルマ船が
橋の下に入って来た
五十過ぎの男が長い鳶口を持って
水の流れる船端に立っていた
少女を見ると手を振って見せ
二隻目のダルマ船には
一隻目と同じ年の頃の男が
鳶口を構え水面を見つめていた
それからの出来事が

ひどく短かな時間の中で
行なわれた様に思え少女は
熱る顔を両手に挟み
船が通り抜けていく
橋の下に向かって
思い切りの「あっかんー、べぇー」をした

其ノ二　楽楽橋

人はまま　小さな見えに　コーヒーを飲む
　　見えの快感　心のひろさ

小名木川は生きている
江戸幕府によって掘られた時から
大きな使命を持たされる
東の荒川と西の隅田川とを結ぶ
幾つもの橋を架けて流れた
丸太のままの原木貯木場
幾つかの製材場
大名や商人の蔵があり

水路を曳いたり橋を架けたりして
元から名前のない橋が在ったりした
楽楽橋もそうした橋の一つで
貯木場への長い水路の際に
中華料理店があり
その店の名を借りたもので
正式の名はついていない
ただ言葉の響きと明るい名とで
誰とはなしに何時とはなしに通り名となった
楽楽橋を渡ると
二十三番系統（月島――柳島間）の
都電通りに突き当たるまで
通称「夜店通り」までの
二百五十メートル程の商店街になって

小名木川流域で一番の賑々しさを誇っていた
橋というよりは暗橋とも言うべき
楽楽橋
渡っていた私は
前行者の突然の停止に思わず
二、三歩踏鞴を踏んだ
その上
頭から被っていた毛布を
両手一杯に拡げ私の視界を遮った
東京都交通局出版の
A四版の写真集「都電」を見ていた事もあって
ああ……私は一瞬
中世ヨーロッパの石造りの裏通りが
目前に拡がった

突然グレーの私の視界を
大コーモリの様におおった
中世ヨーロッパの石畳の裏路
ぼくは一瞬の間に何かを
理解したのだ
次の瞬間ぼくは中世ヨーロッパから
夜店通りの賑やかさに戻っていた
グレーの毛布に包まれた下の顔は
前歯一本が異様に長く
下唇を押さえていたり
箒に跨っていたりはしていない
毎朝共同炊事場の
三本の水道管に並んで
右の小指と親指、左の人差し指と親指の

第一関節だけで
糸の様に細く流れる水だけで
四つの御飯茶碗と四つの汁茶碗と
八本の箸を洗って行く
江藤君のお母さん
どんな表情をして毛布に包まっているのか
ぼくは知っていた
それでもぼくの驚きは
一様ではなかった
クルリと振り返ったなりに
「あらっ——あなた——どちらまで……」
と道行きを誘われたら一大事
拡げた毛布の脇を擦り抜けるように
ぼくは急ぎ足となった

東京電力深川営業所
石川カメラ
トタン板で家を囲った川原雑貨商
それらの店を夢中で通り抜け
小路を渡り一息ついた
これより先は衣料品店
洋品店　乾物店と
商店街らしく軒を連ねる
理髪店
鮮魚店
布団店
と過ぎて行く内に
店の構えや人の数にも馴れた
あと幾歩も歩かないで

都電通りに出る所まで来て
「ブラジル」の喫茶店に来た
入口には三尺　六尺の薄焦茶色の板戸
刳り貫いたコーヒーカップが一客張り付けてある
ブラジルコーヒー・ゴメイとある
主人が一国者でしかも
美味でもないコーヒーを
無理矢理理屈をつけて
悦に入っているオヤジの居る店
そんな気配りでこの店を営んでいたが
この商店街に
コーヒー屋はブラジルコーヒー・ゴメイ
一軒である
面白味のない扉を押して入ると

チョコレートに似た香りがコーヒーに期待を持たせる
ブラジルコーヒー――と私
あいよ――とオヤジ
都電の写真集ありがとう――と私
赤色灯を付けて行く
最終電車なんぞ――人生だよね――とオヤジ
運転士の顔まで見える――と私
人の顔まで写っていない所がいい――とオヤジ
コーヒーは何でもそうだが
ブラジルは特に熱い内がいい――とオヤジ
ブラジルって何処の地域――と私
南米――かなァ――とオヤジ
その時喫茶店の扉が静かに開いた
私の胸は

安っぽい風船の様に萎んだ
灰色の毛布を頭から被った客だった
「いらっしゃい――」とオヤジ
毛布の客は私を見て
あらっ……という表情をしたが
あとは無視する様に椅子に凭れ
キリマンジャロと言った
アフリカ大陸赤道直下
五八九五メートルが
強烈な個性の味と香りの豆
江藤君のお母さんは
まるで私の事など頭の片隅にもない
彼女は頭から被っていた
毛布を撥ねた

注文のコーヒーが来るとコーヒーを一口含み
間を置いてまた一口すすった
一瞬私を見て
それから「ピース」を取り出した
細い紫の煙を
緩りと吐いた
ぼくはぼくの積み上げて来た常識で
ラスクの様に音なく崩れて行く
恐怖に顔を赤くした
コーヒー一杯三十円は
安くもなく高くもない
しかし江藤さんのオヤジさんは
大工収入にゆとりがあるのか否かについては
どの位になるのかは知らない

少なくとも手の平程の
コロッケは一個五円
六個のコロッケが
コーヒーを立てる湯気の向こうに消えていった
困窮した生活の中での事と思えなかった
ピースを一本喫い終わると
彼女は私に目礼をして
入って来た時と同様静かに出て行った

其ノ三　高　橋

微酔いて　街を歩けば　ほろ酔いの
　　街寂しくて　また街を行く

夕暮れは　悲しみを能く　腐食する

東京都交通局二十三番系統都電
柳島——月島間の都電は
「高橋」の安全地帯にゆっくりと停まった
二つ折りのドアが横にスライドし
中年の小男が降りた
男は黒色の

ショルダーバッグを右肩から
左肩へと移し
安全地帯の高さを慎重に降り
交叉点を横切った

「高橋」は
その名の通り高い橋である
江戸の浮世絵師歌川広重は
「高橋」の高さを
強調するために
太鼓橋の様に橋頭を高く描いた
橋は日本一の高さを誇る富士の山を
その下に描き籠めてしまった

その実「高橋」の架かる小名木川は
大雨でも降ろうものならすぐ決壊した
すると翌年には
出水を防ぐために
川岸を高くした
これが何年か何回か続く内に
岸の土手は高く
そこに架かる橋も高くなって行った――
橋頭が高くなると
荷車が通れない
荷車の尻を押すために
駄賃目当ての人夫が
橋の両脇に
屯したと伝える

中年の小男は
暮れ泥む空を眺め
橋頭の下に見えたという
富士に思いを馳せた
三百年も以前の話である
橋際に屯したという人足も
遠望出来たという富士も
塵埃の彼方
中年の小男はショルダーの
肩紐を癖のように揺すって
「いせき」の暖簾を掻き分けた
そして扉を押し開く前に
電車通りを隔てた向こうの
乾物屋の看板を思い出していた

看板には「利尻昆布」「礼文ワカメ」とあった
文字は黒々と太く書かれてあって
三十七歳で亡くなった小男の
妻の様でもあった
あいつに人として
どれだけの事をしてやったのかを思った
細かく桟の入った店の格子を開いた
店の三分の二は
椅子席で三分の一は
三尺程の和室を
上った畳席
男は右奥の
椅子席を選んだ
男は座るや否や

「やながわ」と言った
銚子を胸高に構えて女は
「おひとつどうぞ」と言った
この店は居酒屋ではない
女が酌をして回る事はない
しかし女の「おひとつ……」という言葉には
物にこだわらない
明るさとがある
「今日もお仕事……」
「東京にもあんな田舎があるとはねぇ……」
「江戸川の〝鹿骨〟と
いう所に行って来た
鹿でも出るのかと思っていたが
あれじゃー泥鰌や鮒が

うじゃうじゃの感じだったね」
「取材ですの」
「ああ……取材だ——
いろんな所にいろんな事が起こっていてネー
水田と稲と防波堤しかない所で
殺人事件だからネ——」
「お客さん　もうひとつ……」
女は再び胸高に銚子を構える
自然と
構えた銚子の高さに視線が行く
可愛い——と小男は思った
女は母韻を少し引いて話す
甘えている様にも聞こえ
打ち解けている様でもあり

可愛らしくも思った
三十年も前に逝った
妻がそうであった
だが……と小男は思った
どぜう屋の酌婦の言葉遣いから
亡妻を思った
これまで亡妻の声や
言葉のイントネーションについて
思い出した事があったろうか
声色さえ忘れ去っていたのではなかったか
小男は思った
何を話したのであろう
碌に会話も無かったのだろう
否　そんな事はない

そう思ってみるのだが
浮かんで来る妻の顔からは
声が聴こえて来ないのだ
「あらッお客さんどうかしまして――」
「いやー済まない……
ちょっと他の事など考えちゃって――
済まない　済まない――」
「あら嫌だわ――
私の顔を見ながらよその人を考えていたのね
でもいいわ　おひとつ……」
小男は何十年振りかで
顔の赤くなる思いをした
そして冗談でいった女の勘の良さと
鋭さに驚いた

「お約束は何時になります」
「何が！」
「あら嫌だわ——
東京府中競馬場の役員席へ
入れてくれるとおっしゃったわ」
「ああーあれね重賞レースでなければ
何時でもいいんだよ」
「忘れないで
私馬券を買う事に興味はないんです
馬の走る姿や——何もかも忘却して
ゴールだけ頭に在って
馬の一心な眼がいいわ」
「ふーん　一心な眼ね
でもどうして君に一心な眼が見えるのだい」

「いいのです
見える様なそんな気がするのですよう――」
「じゃあ来週にでも行きましょうか」
「来週――いいわ都合つけますから――」
小男は「いせき」の店を出た
先程店に入る時は
暮れ泥む景色の中で
利尻　礼文の看板の文字は周囲の景色同様
雑然と見えていたのだが今は
くっきりとした夜の中で
一つの意志を持たされているかの様に
小男の酔眼には写っていた

其ノ四　東深川橋

和らかき　光の中を　遠のける
　足取り軽き　母に似し人

東深川橋——
この橋ほど戦争の残酷さと
戦争の空しさとを
象徴する橋は他にない

今から四百数十年前
葦や蘆などの湿地帯に

最初の鍬の一撃を加えた時から
この地に課せられた構造体の
役割と使命は決められていた
関東平野のど真ん中を流れる
利根川を東の外れ
銚子へと誘い
荒川　中川　隅田川の
河川の流れと位置を変え
これにより唯の広大な湿地帯は
肥沃な大地と穀倉地へと変わり
江戸八百万石の
礎を築いた
小名木川は初めから
一つの大きな使命をもたされ

ほとんどの橋は
鉄骨吊橋構造となり
橋上には
鉄骨を厳しく張りめぐらして
さながら水生昆虫の触角の様に
美しくあった
また橋には欄干を廻らし
優美な美しさを誇っていた
開戦当初は
東南アジアに九ケ所同時の作戦を
展開するなどして
華々しいものであった
ミッドウェイ海戦での
大敗北を切っ掛けに

鉄製品や貴金属の度重なる供出に
小名木川の特徴であった鉄骨は
一本また一本と
橋上から折り取られて
何時の間にか飾りの欄干まで
引き抜かれて東京は
廃墟と瓦礫の街となった

廃墟も瓦礫も堆積する時間の中では
それは一つの風景では在った
しかし東京は一つの風景の中で
命脈を保っていたが
東深川橋の橋上は

何一つ残さず
三月上旬の曇り日の太陽は
この時季にしては寒く
冷たい風を吹きつけた
人は言う
あの橋上で強い
春一番の風の中で
多勢の人が
火に煽られ
水に飛び込んだのだと
その後　橋の欄干は
保安上取り付けられたが
吊り橋を思わせる橋上の
鉄骨は未だにない

人は言う
あの橋上には
建造物の一つもない方が
橋には相応しい

工場自慢の灰色の
波型スレート壁は
東深川橋への淋しい景色だ
半円形の連続を続ける
陰陽の文様は
人が言った浄土への道か
浄土そのもので在ったのか

其ノ五　大富橋

春の夜は　昔語りの　雪に風
　三つ目小僧の　人情ばなし

古代中国の三聖天子は
軍事力に優れていた――と言うのではない
崩落する山や氾濫する川を
コントロールする才能に長けていたと言う
このため堯は
天子の席を血縁とは無縁の
舜に譲り舜もまた
先聖天子堯の例にならい

血縁ではない禹にその席を譲った
治山に対する話は少ないが
大地の高低差が少ない関中や江南では
治水に対する話は多い

秀吉から江戸へのお国替えを言われた
家康は驚いた
しかし当時の家康に
お国替えを断わる力も実力もなかった
三河とか近江あたりの
山と川しか知らぬ家康にとって
関東の平野一杯に拡がって
流れる利根川

荒川　中川　多摩川
隅田川の流れに出会った時
言葉を失って自失したと思われる
家康が並居る戦国武将を
押しのけてその頂点に立ったのは
尋常ならざる治水の能力ではなかったか
関東第一の
暴れ者と称された利根川を
関東平野の東の隅
銚子に流れを変え
荒川　荒川放水路　中川
隅田川の流れを整え
南北の川の流れに対し
堅川　小名木川など

東西の運河を掘って
治水の大土木工事を断行した
小名木川は西の隅田川と
東の荒川とを結ぶもので
長さは約五キロメートル
その間に十三の橋を架け
川沿いに大名や商人の倉庫を並べ
荷物の出し入れに利便を計り
運河に接続させて大小様々な堀を通した
この工事の御蔭で葦や蘆の湿地帯は
土が乾いて畑となり田となり道路となった
幕府は隅田川の東岸から
西の荒川に至る深川
城東地区に道路を通し

町を築いた
江戸の地区割りは
京都の様に寺や山や礎石を基点にしていない
川や橋が基点となる
例えば五本の道
隅田東岸から一つ目橋の北を基点に
両国　新大橋　常盤　深川一丁目
福住　永代と南下して佐賀町に至る
五本の道の中では
路面電車も走らず
比較的幅員も狭い
二の橋の北を基点に緑町
森下　高橋　平野
深川二丁目　門前仲町　越中島

佃大橋を経て月島へ
東京都交通局の㉓系統
柳島——月島間が開通
路面電車が通っているだけに
下町のイメージの小さく狭くの常識を
外れて道路の幅員も立派
四の橋の北を基点とする四つ目通り
鐘ケ淵　押上　大平町　錦糸堀
毛利　住吉　猿江　千田
豊住　東陽と南下
五つ目通りは
五の橋の北総武線亀戸駅の側にあり
東京都交通局㊳系統路面電車が
深川と城東地区の中間を走って居り

錦糸堀　亀戸　北砂五丁目
南砂町　汽車会社を抜けるが
北砂町五丁目から荒川葛西に至る一帯は
漁師町の雰囲気を持つ
南砂町の住宅の裏手には
稲科の植物が繁り
東京湾の河口を思わせる
汽車会社の先は深川高等学校で
府立第一女学校の
角のない柔らかなデザインの校舎を過ぎる
洲崎　木場　門前仲町から
永代橋を渡り日本橋へと至る
深川城東地区の発展を支えて来た
五本の道路について述べて来たが

三つ目通りについては
態と触れずに来た
それは三つ目通りが
特別な意味を持っていたからである
三つ目通りは三の橋の北にその基点を持ち
この三の橋の北一帯は私が江東に棲みついた
昭和二十三年には江戸の湿地帯時代の様に
大小様々の沼や池によって
独特の風景を持っていた
曰く鐘ケ淵
押上　錦糸堀　おいてけ堀などの
湖沼群であった
そこでは様々なサカナが釣れ網に入った
余り釣れるので背に背負って帰ろうとすると

「おいてけ――ェ」と声がして
家についてビクや網の中を見ると
サカナは一匹もいなくなって居たという
人々は言う
三つ目通りには身の丈三十尺の
三つ目の大男がいて
沼のサカナを守っているのだ――と
何時も現われるのではない
二月から三月の間で
強く寒い大風の吹く晩
ガガガガラーンゴローン
ガガガガラーンゴローンと
百雷のような重い荷を引きずっているような
音と息遣いがして

「おいてけーェ　獲ったものはみんなおいて
けーェ」
声だけでなく息遣いも苦しげに言うのだ
三つ目の大男を見た者は一人としていない
でも大男に出会ったと言う者はいる
三つ目の大男の前額の真ん中に
バイカル湖の湖の水の様な
澄んだ眼がある
その瞳に見詰められれば忽ちに
凍結すると言う
三つ目の大男は
唐人の子供の様で
頭頂から細く編み込まれた髪が
背の中程まで垂れ

袖なしのチャンチャンコを着ているのだ――と
三つ目の大男はその姿を
人には知られたくないのだ
だから春の夜の
百雷と風の強い晩に
雷光を振り撒き
異常な寒さの中に現われる
大富橋の西詰めには
深川第一中学校があり
東詰めには深川消防署
消防署に並びたっているのは
都立墨田工業高等学校だ
消防署長の大河原さんは
中学一年生の同級生の父上

吹雪と明かりが少ないのとで
明白ではないが
大男の背姿を見たと言う
墨田工業高等学校の守衛さんは
大きな人の形をした者が
廊下の突き当たりの窓硝子の中に
沈み込んで行くのを見た――と言う
大男を目撃した者は
誰もが吹雪の中の事で
そんな姿に見えたのだ――と言う
だが翌朝になると
薄っすらと雪が積もっている
大富橋の橋の上だけ
積もった雪が乱れて

それがいかにも橋の上に座り込んだ様に
しかも楽しく遊んでいた様なのだ
何人かの大人達は
早朝から大富橋頭に立ち
三つ目の大男が遊んだ跡だと言う
雪の乱れを確認し
北の菊川町を眺めたが
大男の足跡も
引きずったであろう荷物の引き跡一つなく
路面電車㊱系統のつけた
錦糸堀——築地間の通った車輪の跡が
クッキリと黒い線を描き
自分達が登って来た
大富橋への小さな足跡が

好奇心に張り裂けそうになって残っている
南を振り返ると木場
銘木や一等材を並べて材木の家並みは静まり
犬や猫達の足跡もなく鎮まっていた
不思議——
この雪の跡を乱さぬ様に
人々は口々に叫んだが
昼を待たずして春の雪は消えた

年毎に
春の嵐はやって来た
そして人々は
明朝は早起きして

三つ目の大男の姿を
突き止めてやろう——と思いながら
布団の中で春の嵐を聴くのだとか——

其ノ六　扇　橋

ぼくは船虫
体長四センチ否五センチはあるか
一対の長い触角と八対の脚
国籍はない
気付いた時はラワンの貯木場で
無数の仲間と一緒であった
東京湾に投げ込まれた時
カナダからの樅と筏を組まれ
ポンポン船に曳かれて
墨田川を溯り

小名木川の扇橋の近くの
貯木場に浮かべられている
船虫がギシギシと
泣くという者もあるが
あれは遥かな東南アジアの
貯木場が懐かしくて
ギシギシと歯を鳴らし
ラワンの樹皮を咬んでるんだ

午後三時
扇橋の西側を少女が帰って来る
吊橋構造の鉄骨の橋は
いかにも重厚でそれでいて

美しい姿を保っている
少女は橋の三分の一まで来ると
西詰めに作られた比較的小さな
貯木場に向かって
欄干に手を当てると
手にした小石を二つ投げた
小石はラワンの樹皮に当たって水に落ちる
思いがけない小石の来襲に
背中を干していた船虫は
本当に驚いて
原木の樹皮を滑って水に落ちた
「今日は二匹――私の石に驚いたわ
あの船虫　ちゃんと戦場の父に伝えているかしら――」
少女の父はラワンの森の中で

絶望的な戦争をしていた——と
あとで解ったのだが……
「船虫　父にきっと伝えてよ——
あなたのお嬢さんに今日もまた
小石を投げられました
私達は
水に入って難を逃れました
お父さん——きっと元気でいて……」
船虫は思った
お嬢さん
あなただけではない
私も母子家庭です
いや母も兄妹もいない　でも生きています
あなたが毎日石を投げてくれるので

私もラワンの原木の樹皮を走り廻って
生きる気力を見せているのです
光の中を選んで生きているお嬢さん
あなたの幸せを願っていきます

其ノ七　再び万年橋

中肉中背の初老といっていい男は
見送りに出てくれた人々を前に
相変わらず愛想のない顔で
一人一人眺めるように見た
男と眼が合った人々は
「お目出度うございます」
「道中どうぞお大事に」
「よい旅になります様に」
などと口々にいったが
初老の男は辞儀をするだけであった

「お師匠――杖を……」
比較的年若い男が恭しく杖を差し出した
師匠と呼ばれた初老の男は
無造作に杖を受け取ると
足元の船着き場の杉板をコッコッと打ち
更に二つ三つ同じように杉板を打った
若い男は師匠と呼んだ男の様子に
「そうだ何時も師匠は用心深いのだ」
この用心深さが発句にもあって
その事が初老の男の恐ろしさでもあった
初老の師匠と呼ばれた男は
何事にも用心深く
何か心得のある者の様でもある
小舟に移ったのだが

小舟はグラリと揺れ男は船頭の袖にすがった
「万歳　万歳……」
「行ってらっしゃい」
「お気を付けて――」
「万世――万世――」
未明の隅田河畔である
大人も老人も男も女も
含めて三十人を超える人出である
師匠と呼ばれた男は
万年橋の上に列をなし
歓呼の声を挙げ
見送る人に向かって杖を上げ
深々と頭を下げ
鯉の養殖池を背に立つ

恰幅のいい男に向かって頭を下げた
師匠と言われた初老の男は小声で言った
「お話どおり今朝は……」
と身を乗り出すようにして言った
「前途三千里の想いに胸ふたぎ……」と
長旅に出掛ける人が
鯉の餌をやる事にまで気遣いをしているのである
「この気遣いが師匠の特徴なのだ」と
小舟の中の男を見た

船頭は竿の先を
小名木川の流れから引き抜くと
船着場の杉板をトーンと突いた

万年橋から一段と大きな歓呼の声が上がった
初老の男は用心深く足を踏んばった
岸の男に向かって
「杉風さん　行ってまいります」と
声を掛けた
しかし声は歓呼の声にかき消されて
杉山杉風の
耳までは届かなかった
杉風は唇の動きから初老男の心を聞きとった
小名木川から隅田川に漕ぎ出す時
船頭はホイーッホイーッと声をかけ
船は一揺れして大川の流れに乗った
聞き慣れぬ音を聞いて
初老の男は

今出立したばかりの小名木川を見た
人々が騒いでいる
声ではない
立って何か物を踏み言葉を叫んでいる
下駄の音も草履の音も含まれる
精一杯に足を踏み鳴らしているのだ
中年の男がこの騒ぎを聴いて
ひどく興奮していった
「師匠――師匠――聴こえていますか」
李白船に乗って應に行かんとす
忽ち聴く岩上踏靴の声……
「曾良――私にも聴こえている　涙が出る」
初老の男が感動に咽んでいる時
養殖池に立つ杉風も

胸を熱くしていた
「芭蕉というお方は何と幸運なお方だ」
まるで時を計っていたかの如く
李白の名詩「王琳に贈る」で
陸奥への門出をかざる事となった
不知　涙が溢れていた

初老の男は
小舟の舳先に乗るのが好きであった
小舟の舳先で
大川の流れが二つに斬れて行くのを
見るのが好きであった
夜の暗さは

小舟の舳先が夜と朝とを
一枚の布でも切り裂くように開いて行く
小舟は新大橋の下を潜る
橋の暗がりから
微かな朝の明かりの中に出た時
初老の男は思わず声をもらした
「ほおーッ……カモメが——」
小舟の舳先に止まっていたのは
一羽のカモメであった
初老の男は小さく笑った
日本武尊が東征のみぎり
関東の武尊山で
日本武尊のため一羽の白い鳥が飛び来たって
道案内に立ったと云う

初老の男は想った
こんなにも幸運とも言うべき事柄が続いた
いい旅になるぞ

「逝く春や
鳥なき魚の
目は涙」（芭蕉）

其ノ八　葛西橋

秋になり
荒川の水は中土手の石垣を音をたてて溯り
葦の仄白い根元を洗った

昭和三十五年五月
氷見基一郎二十才大学一年
深川の都営集合住宅
学生服の金ボタンを
指で押しながら

小林千春は言った
氷見さん待って私を愛しているの
「千春ちゃんあなたは急に綺麗になった
君の美しさに驚いているんだ」
「私を奪ってどうするの……
私をお嫁さんにして下さるの結婚してくれるの」
「一遍に沢山言わないでよ」
基一郎が上半身を起こしかけると
千春は「待って」と身体を寄せていった
「私は十七あと二年待って——
十九才で私は大人に成りたいの——
だからそれまであと二年
無垢のままでいたいの守って下さる」
「十九才か……十八才ほど若くない

二十才ほど大人でもない――十九才ね」
今の十七と千春の言う十九才との間に何があるのか
その意味は解らないけど
「十九才を待つというのもいい
これからの二年間に緊張が走るね　いいよ……」
基一郎が身体を動かした時
千春は激しくキッスを求めて来た
二人共初めての経験で歯と歯が小さく当たった
「約束お願いよ」

小林千春の母は
新潟県南魚沼郡浦佐の出身で
伯父さんが花火を見たいと言って来た

花火とは両国の川開きの事で
七月三週の土曜日と決まっていた
伯父さんは
千春と弟と千春の母の
母子家庭に一晩泊まって
翌朝忙しく浦佐へと帰って行った
深川に油蟬が鳴いた日だ――
都営の集合住宅と言っても
初めから住宅として建てた訳でなく
東京都の持ち物と云うだけの理由から
住宅に振り当てたらしい
隣室との境は馬糞紙を圧縮しただけの
粗悪な品で
子供が指で掘っただけで穴が開いた

それでも隣室とのトラブルが少なかったのは
各々にかかった理由を
理解していたからであった
集合住宅は
仮住まいのために作られていただけに
北の階段からも
南の階段からでも
基一郎の部屋の前まで来て
玄関へと出る構造であった
基一郎は
千春と秘密めいた約束をしてから
自分が急に大人じみたと思えていた
三、四日して基一郎は
千春の変化に気付いた

何時も快活な千春が
人目を避けるように　ことに
基一郎とは顔を合わせる事も避け
暗い表情で足早に過ぎ去った
千春が階段を降りて来た
「千春ちゃんお早よう」
基一郎は嬉しくなって快活に声を掛けた
「氷見さんごめんなさい許して……」
後の方は泣き声となり
基一郎には聴き取れなかった
千春は顔を両手で覆うと
降りて来た階段を
逆に登っていった
基一郎には

「……氷見さん御免なさい」の意味が解らない
階段を登って
三階の千春の部屋に行くべきか
解らないのである
何かがあった
顔を覆って泣き出す様な事があった
朝の時間である
勤め人の行き来する時間帯
通学の子供達の時間帯
どうしたものかと思案
千春に逢って聞く以外仕方ないと思いながら
小林家の三階の部屋の前に立った
基一郎は三〇二号室の扉をノックした
お母さんや弟は出掛けたとしても

本人は居る筈
もう一度力を籠めて
ノックした
だが中からの返答はなく
三〇二号室の前だけが
不思議な静けさにつつまれている
基一郎はよっぽど
ドアを開けようと思ったが
集合住宅に住む者の最低の基本としても
マナーは守らなくてはなるまい
千春がどんな姿でいるのか
それを思うと中に飛び込みたい思いに
強く心を動かされた
基一郎は必要以上の力を入れた足踏みをして

千春の部屋の前から離れた

昭和三十五年九月
小林一家三人は
ひっそりと引越しをして行った
隣室の人に聞いても
向かいの人に訪ねても
解らず仕舞いであった
高砂に行った
武里団地に行ったと言う者に
どの話も不確実であった
昭和三十五年十一月
一通の葉書が基一郎のポストに届いた

待ち続けて半年
待ち続けた恋しい千春からのものであった
基一郎は急いで消印を見た
消印には「江戸川」とあった

千春が突然深川から姿を消した時
東武鉄道沿いの地域を思った
それが今江戸川の消印である
「私の不注意で貴方との約束が
守れなくなりました
お別れです住所は記しません
貴方のお幸せをお祈りしています
今でも貴方を愛している　千春」

千春の身に何があったのか
これだけでは解りようもない
基一郎は自分は本当に千春を愛していたのか
今も愛しているのか
曖昧に思われている
だがじいっとしていると
机の上の葉書の文字が滲んでいく
「二年後の約束」といって
唇を合わせて来た千春
随分と大人っぽい態度を見せていた千春
それらが懐かしさと愛らしさとに重なり
自分みたいに不幸な男はいない——と
涙があとからあとから湧いてきて
何処か

激しい所へ身をぶつけたい衝動に駆られた

基一郎は自分の青春の一切を
千春探索に掛けてみようと思った
東武沿線から
消印の跡を辿って
舞台は平井　新小岩　小岩へと移った
江戸川といっても流れの中へ溢した
コップ一杯の水を求める様な物ではあった
然し基一郎には
「江戸川」と打たれた消印がある
砂漠の中で
真っ直ぐな道は一本

小林千春に向かって引かれていると信じた

氷見基一郎は
自分の情熱と根性とを信じた
何処まで一人の女性のために頑張れるのか
自分自身の愛の確認のため
千春は「二年十九才になるまで……」といった
千春がそうであるなら
自分も二年間七百三十日の純愛と
情熱を傾け尽すのも
青春ではないか——と胸を熱くした
千春に対する探索を始めて
驚く程千春とその母と

弟についての情報がないのに愕然とした
千春について考えると
都立第三商業高等学校の
定時制の二年生
昼間の勤務先は聞いていていない
生年月日不明
三年前深川の集合住宅に来る前
何処に居て何をしていたのか
何も知らないぞ——と
小林キワ　年齢四十代
本籍新潟県南魚沼郡浦佐
勤務先浅野スレート工場
小林進　千春の弟
江東区立深川小学校三年生

これだけが千春とその一家についての
情報であった
当初は消印を手掛かりに
江戸川地域に考えたが
余りに広いので
都立第三商業高等学校の
千春の校門に立った
一ケ月張り込んだ
目顔で挨拶する生徒も出て来たが
千春には逢えなかった
更に一ケ月待ち続けて
高等学校の事務所へ行った
基一郎が張り込む一週間前
千春は退学していた

学校で待って居れば
逢えると思っていた思いは費えた
調練橋を渡りながら
基一郎は社会に於ける二十才ばかりの男の
力の無さに涙を溢した
いざとなれば
通学している高等学校に行けばいい
そんな具合に考えて
手を打つタイミングが遅れた
自分の一生の中で大事な時大事な事を何時も
こんな事で
悲しがって行く人生ではないのか――と
歯軋りをした

「そうだ道はある」
お母さんの小林キワさんが
東深川橋のスレート工場に
全身アスベストに塗れ
勤めていたのを思い出した
基一郎にとってその事は
應に暗夜の一灯となった
「ああ――小林キワさんね退めましたよ
理由――深川の住宅を引き払ったとかで
家が遠くなってねそれで退めたんですよ
退めたのは二週間位前だったね
引越し先？
さあー知らないね

退める時に引越し先まで言って行く人は
めったになくてね
本人も仕事に慣れてとてもいいって喜んでいたのにね……
それでも引越しをして
一ケ月位は引越し先から通っていたんだがね
引越し先からは一時間の上かかるって
言ってたなァ――
可愛らしいおばさんだったのに――」
席を立った人事課の男は
「何しろうちも三百人からの工員さん
バイトさんを抱えて居るんで
詳しい事は言えない」

人事の男は学生服姿の
基一郎の出現と問いに少し関心を示したが
「じゃあ」と
席を立つと事務所の奥へと去っていった
バスで小一時間
歩いて二十分位……
事務所の男の言う通りに
頭のコンパスを開く
消印の「江戸川」が頭から離れる
基一郎の思考を狭いものとした

十二月上旬
二日続きの時雨となった

時雨といえば京の都――
北陸の空が思われる
東京の時雨には
前述の街のような趣はない
それにしても葛西の町裏や
行徳の蓮田の枯れた様子など
カメラに収めようと
アサヒペンタックスを持って出掛けた
白河町から葛西橋行きに乗る
バスは北砂町五丁目から一直線に荒川へと向かう
道が突き当たった所が葛西橋だ
北砂からの道は漁師町の雰囲気をかもし
砂町キネマという映画館がある事すら不思議
これが莚をかけた小屋掛けの

芝居小屋でもあれば
砂町のイメージは申し分もないのだが――
商家の裏通りや
寺社の脇道には
黄色に色付いた葦が茂っていて
これが砂町
これが葛西といえる
バスの終点が葛西橋
二階建ての漆喰の壁に
朱色の肉太の文字で
釣り　餌　ゴカイ　イソメ　鯊と大書してある
葛西の橋は緩やかに
太鼓状の曲線を描き
橋の先中土手の辺りは

霧雨に烟っている
基一郎は橋の途中から
橋脚へと下りる
子供の頃
丸太を二本一組にして
更に横木を二本挟んで四本
橋脚を支えている丸太に跨り
「流し」
（糸の先には十五×二十センチの板を付け糸は五十メートルのばし釣針は百本を下げる）を楽しんだ所だった
マルタやイナという魚は
その性格上橋脚や浅瀬にやって来る
二百匹ばかりの大円団を描く
二十センチ近い大きな大きな落鯊が流れた

白い腹を向けて流れていく
水の流れは無口な男よりは賑やか
中川に架かる葛西橋を渡って
思わず軽い感動の声を発した
橋を渡れば普通の農地と思っていただけに
烟るような霧雨の下に
いよいよ扁平な景色となって
蓮の泥田は拡がっていたのである
「これが蓮田か――」
基一郎が蓮や蓮田を知らない訳はない
基一郎が思わず声を漏らしたのは
収穫の終わった蓮田が余りに寂々として
僅かに枯れ残った蓮の葉が
一枚か或いは二枚程残っている

何本かのクキもあって
鋭角に折れたもの途中で切れてしまったもの
如何にも戦いの後を連想させる
収穫後の水を湛えた泥田は
戦いすんで日は暮れての感が
風に乗って拡大し
基一郎は
行った事も観た事もない〝戦場〟を思った
そう思いながらふと
別の思いにも駆られている自身の心を探ってみた
基一郎は思った
何もない　否蓮田のところどころに
病葉となっている四分休符だ
折れたクキは二分音符

「V字」に折れていれば八分音符
音楽が流れて来る
サンサーンスでもリストでも
ワーグナーやソルベーグの歌曲でもいい
……君が便りをただ吾は
誓いしままに待ちわぶる……
高等学校の音楽の時間で習った
「ソルベーグの歌」である
歌詞と自分の置かれている現実とを考え
基一郎は不機嫌になり
折角の着想も時雨の下に沈んでいった

基一郎は小一時間時雨の蓮田を歩き

アサヒペンタックスのシャッターを切った
蓮田の先には東京湾の扁平な海が見える筈だが
高さを加えられた防潮堤がひときわ豊かに
湾曲しながら空に伸びている
農家の一軒を訪れて
水が欲しい旨伝えると
五十代になるかと思われる農婦が出て来て
コップを渡してくれた
「この辺りぼくが子供の頃
東京湾が一杯に拡がって
夕日も大きかった……と思ったのですが……
今は海も見えない　変わりましたね
この辺りの風景も……」
基一郎は手にコップを受け取り

ゆったりと上半身を廻して言った
農婦も基一郎を真似るように上体を廻して言った
「お客さんこの辺りに詳しいですね
あっそこの井戸は止めといた方がいいですよ
毒じゃありませんが
それこそこの辺りの景色が変わった様に
井戸の水質も変わりましてね
こんな事言っちゃいけないんだけど
ここは海が近いでしょう
もともと水は美味くないんですよ……
変な事いっちまって」
基一郎はコップ一杯の水を
農婦から受け取るなり一気に飲み干し
「ううーん　旨い

おばさん美味かったですよ」
有り難うと言った
「所でおばさん長野県安曇野をご存知ですか
家の造りというか屋敷の構えというのか――
何処となく似てますね」
「長野県とか安曇野とか知らねェですね」
「屋敷の周りに庭木を植え
その外側を蓮の田が拡がってるでしょう」
「季節によっては海からの風がきついんでね
防風林まで立派ではないが
その働きまでもするだね」
基一郎はコップに口をつけてから
コップの水はもう飲み切っている事に気付き
そのバツの悪さを埋めるかのように

表札を見た
岩淵克巳
住所東京都江戸川区西葛西……
硝子コップを歯に挟むと
基一郎は思わず両手を打った
呻くような声を出して更に両手を打った
「どうしただね――お客さん」
基一郎は今度は右手にコップを掴むと
「おばさん――尋ねますがここの地籍は……
あっ番地住所ですよ」
「東京都江戸川区西葛西……だけど」
「ここ江戸川区なんですか――
浦安や行徳のように
千葉ではないんですか」

農婦は呆れ顔になり　やがて満面の笑みを浮かべ
「江戸川は広いんだもの――
平井　新小岩　小岩も江戸川だけど
ここ西葛西だって江戸川なんですよ」
「おばさん有り難う
貰ったハガキに江戸川の消印があって
尋ね人を探していたんです
転居先は探さないで――とあって
東武線の高砂
武里　平井　新小岩　小岩と……
三ケ月も半年も尋ね歩いていたんです
こんな所に江戸川が在ったんですね」
基一郎は物に憑かれた様に
半年の事を喋り

声が胸につかえて言葉にならなかった
「何だか私もその人を
探していたみたいになって
訳もなく嬉しくなりますよ」
農婦も涙で眼を一杯にしながら
基一郎のコップを受け取った
「ねえお客さんいや氷見さん
女が愛する男の前から一家で消えるには
それだけの理由があったからでしょう
好きだ恋しい愛しいと言って
無理矢理に女性に迫るのでは
小学生かせいぜい中学生の
約束か物語でしかないのと違いますか
愛する人への愛を貫くために

唇を噛んで身を引く——
そういう愛もあるんじゃなくって」
氷見基一郎は
途中から農婦の言う事に一つ一つ自認した
農婦の言葉で基一郎の胸の中は
千千に裂けていく
「解っているんだおばさん
千春が自分を避けた時から理由を理解し
千春から離れるべきであった事を——」
基一郎の顔は何時の間にか
農婦の言葉に自制の保持が
大変に難しくなっていた
顔の表面は玉の様な油汗が浮かび
顔は歪んだ

基一郎は泣く様に
叫ぶ様に狂気じみた声を発した
両手で顔を覆い
身体を痙攣させたかと思うと
恐ろしい物から逃れる様にジタバタしていたが
岩淵家の庭先を
小刻みに走ると狂ったように走った
涙を両眼に浮かべ
同じ様に涙を浮かべる
農婦の前を駆け抜ける
やがて基一郎は
岩淵家の庭先を走りぬけると
堤防に向かって走る
葛西橋の取り口に取りつくと

百メートル走の選手のように
中土手へと向かった
中土手に着いた時胸は苦しく
とても立ってはいられなかった
基一郎は中土手の草叢に
四つん這いになり喘いだ
喘ぎながら何回も唾を吐いた
余りに唾を吐くので
基一郎の唇から唾の一滴も出なかった
基一郎は泣き声を出していた
そして再び
荒川に架かる葛西橋に向かって走った

其ノ九　番所橋

川は何でも流れる事に意味がある
橋は川を跨いで架かる事に
最大の意味がある
一つの橋に一つの川
一つの川に一つの橋

東は荒川
西は隅田川
十三の橋を貫いて

小名木川は流れる
全長約五キロメートル
小名木川の中の
短かな水路と
幾つもの貯木場
橋は一本の川を跨いで
共同体意識で
小名木川を跨いでいない

一つの橋に一つの川
小名木川に架かってはいても
流れる川は渡られる一つの橋のためにある

其ノ十　丸八橋

風に乗り　波にも乗りて　深川の
　出水の部屋を　ゆるりと泳ぐ

丸八橋は新興の橋で
昭和二十八年にはなかった
こうした橋が小名木川には
幾つもある
新高橋がそうだ
高橋は浮世絵にも出てくる
由緒ある橋で
その由来も

あらためて足を止め
道を戻って
橋の高さを見直すのである
新扇橋も
昭和二十二年にはなかった

ある年の事
来る　来る一撃だと予測され
遂に予測通り颱風キティは
東京を直撃
深川の河川は決壊
颱風一過の翌日
㊱系統路面電車の

錦糸堀――築地間や
㉓系統柳島――月島間の
電車通りには被害調査のための
モーターボートが走って
穏やかな天候の下の
惨憺たる洪水風景であった
都営の集合住宅は
三階建てで住人は四十二世帯
だがトタン葺きの屋根は
風速二十八メートルの暴風に吹き飛ばされて
大雨は三階の廊下に
滝のようになって降り注ぎ
川の水のようになって三階から二階へと注いだ
二階の廊下を洗い流して雨水は

道路から五十センチ程　低くなっている一階に注いでプールとなった

幕末から昭和三十年代には
北砂町　大島では
沢山の金魚を養殖していた
今回の颱風では
金魚に対する被害が大きいと言われたが
その死骸や
側溝など見て回ったが
腹を横たえて道路や水面に
死んでいるものは一匹も居なかった
都営の集合住宅は
道から下って建っているため

一階部分は一メートルからの浸水であった
ジャブジャブと一階の自室に入ってみると
二十センチ程の和金と
十五センチにもなる琉金とが
黒味をおびた水の中で
鮮やかな赤色を誇るように二匹並んでいた
本々は大事そうな
荷物を収納するための部屋らしく
窓には鉄格子がはめられて
三方の壁は
部厚いコンクリートが打たれている
部屋そのものは
六畳の広さがあるのだが
部屋の左半分は

二階から下りてくる階段が斜めに下りている
従って部屋の広さは
三畳分であった
淡いグレーの陽の光の中で
少し濁った水の中の
二匹の金魚は妖精のように美しかった
金魚は近ければ大島
遠ければ砂町だろう
畳の上に膝を折ると
二匹の金魚は
知人にでも逢った様に近づく
何だこの金魚は――
立ち上がると
足元を離れる

何年前からの知り人の様にする
「おい——金魚君——否金魚さん——」
狭い六畳のコンクリートの部屋で
その声は思いの他大きく反響した

金魚は何処から来たのか
今は元気にしていても
氾濫した川の水の中に居る
元の金魚池にかえすのが第一だが
どの橋にまでかえせばいいのか
小名木川に架かる
橋を一つ一つ指折ったが
解らない

西深川橋　東深川橋
大富橋　新高橋
新扇橋　丸八橋――
倉庫へ荷を運ぶため
コンクリートの堤防は短く切って
板が挟み込んである
丸八橋が金魚流出の橋だとすれば
想像も容易である
丸八橋まで戻って
近所の金魚池に放したとして
金魚が生き延びる保障はない
それでもそれを果たさなければならぬ程の
使命感に突き動かされていた

金魚にはそれだけの妖しさと
美しさがあった

其ノ十一　新大橋

㊱系統の路面電車は
「しんおおはし」と書かれた
ゲートを少し立ち止まるようにしてから
おもむろに車輪を軋ませ走り出した
三月九日未明の大空襲から
再点検も十分にする間もなく
電車を走らす事になった
傍目にもおっかなびっくりの腰付きは
仕方がない所だろう
若しかして路面電車が

橋の途中で隅田川に落下となったら
大変な事だ
それでなくとも三月の大空襲を
知っている者の中には
慎重派が多く
隅田川に架かる橋の耐久性も
調べるべきだ——という人達の意見が強い
おまけに資材に乏しい日本政府は
鉄骨の回収を行なった橋もある
それだけに安全確認が
なされない内の路面電車運行には
賭けの感があった
路面電車は落下して
隅田川に落ちる事もなく

再び新大橋を渡り切ると
スピード調節のギヤーを入れ替えて
軽やかなモーター音を残して走りだした
少年は思わず額に手をやった
汗が噴き出している
後日
この新大橋を渡る事になった時
少年は新しい発見をした
東側の新大橋のゲートには
漢字で「新大橋」とあった
この稿を興すに当たって
東京都河川局に電話し
この件について伺ってみた
すると少年の日の一大発見は

いとも簡単に砕かれてしまった
「そんな事はよくありますよ　普通の橋でも
右の欄干には『漢字』で
左の欄干には『平仮名』って事よくあります」と
「東のゲートには
陽の光の差し込む所だから漢字で表記し
西のゲートは陽の沈む方向だから
平仮名なんです」
って言ってもらえれば
少年の発見は
大きな意味を持ったに違いないのだが――と
少しがっかりであった
そしてこの㊱系統路面電車では
開通祝いで花電車が走った

森下町から日本橋にかけての空は
暮れ泥む空を背景に商店の明かりが灯って
何処か悩まし気でもあった
人々の歓声が小さな風となって
電車通りをこぼれてくる
「うわぁ――ッ　きれいだ」
「あの花　造花？　生きているのかなァ――」
「電車賃どのくらい払うの――」
「ただで乗せてくれるんだよ」
「帰りは――」
「帰り……そんな事わかんねえよ……」
「お金いるんだね　やっぱり――」
その頃一人の紙芝居屋が死んだ
昔は弁士をやっていた――と

自慢していた人が
深川の都営集合住宅の二階で
腎臓のため秘かに死んでいった

其ノ十二　再び楽楽橋

楽楽橋の正式名称はない
橋の手前に中華料理店があって
人々はゴロの良さもあって楽楽橋と呼ぶ

踏んだのか踏まなかったのか
曖昧の内に楽楽橋を渡って
西へ一直線
㉓系統の電車路に行き当たるまで
約二百五十メートル

ここが通称「夜店通り」
深川　城東に走る運河流域に
発達した第一の商店街
彩光やウインドーディスプレーを
比較的早くから採用した店々である
中でも石川カメラは
モノクロではあったが
全紙の女性のポートレートを展示
若い女子の関心をひいた
ウインドーディスプレーもさる事ながら
四十代の中年夫婦　十五と十三才の姉妹の
評判も高く
「お客さん
写真はやっぱり枚数を撮らなくてはね……

どうですご自分で引き伸ばしをしては――」
笑顔の絶えないオヤジさんだった
色白で瞳の大きな奥さん
姉は母親似で妹は親父似であった
初めにペトリF2.8を
次いで一眼レフF3.5のアサヒペンタックスを
オヤジさんの手解きで買った
「アサヒペンタックスを買ってから
枚数が急に増えたね
その分写真がよくなったね」
誉められて
交換レンズもタクマーF3.5一〇五㎜
タクマーF3.5二〇〇㎜
タクマーF3.5三〇〇㎜を買った

姉娘　中学校を卒業するも進学就職もせず
丸椅子一つを店に出して事務をする
姉十六才口紅をさす
唇から紅がこぼれ
無理に年長に見せようとしている様だ
姉十七才夏
秋田の郷里から親戚の者来る
姉娘の婚約者とか
十一月結婚
十七才の花嫁さん
顔立ちも体付きもまだ十七才
姉娘十八才で妊娠

姉娘十九才で出産
赤ちゃん背負って事務を取る彼女
何をそんなに急いでいるのか
私二十一才で深川を転居
二年後用事があって深川に再来
石川カメラ店跡　転居
青春の深川　跡形も無し

其ノ十三　二つ目通り

子供等は　深川に置いて　郁子さん
　熱海の空は　晴れぬともなし

相田郁子は唐草模様の大判の風呂敷を
アゴの下で結び
同じ唐草模様の手提げ袋を
右手に提げ
総武線両国駅の
改札口を出た
「相変わらずの田舎臭い駅だこと
江戸だ深川だといっても野暮ったいねぇ――」

相田郁子の頭には
朝の漁港を抱える
熱海の賑わいが頭に刻まれて
その時の活気がイメージされているのだ
改札を抜ける時
唇に差し挟んであった熱海からの通し切符を
唇から抜き取ると若い駅員に渡した
それでも切符を渡す時
通し切符の隅を見た
切符の隅に口紅なぞ付いていたのでは
若い駅員に悪いと考えたからだ
郁子はそれでも通し切符の一部を
親指の腹で拭って出した
駅員はそうした郁子の心遣いに

何の頓着も示さなかったが
唐草模様の大判の風呂敷包みと
何よりも熱海からの
通し切符に対する配慮を忘れず
声を強めて「有り難うございます」といった
総武線も総武本線も「千葉」までは
同じ軌道を使う
従って都心を走る時は
高架となり市川から先になると
地上近くの際を走る
郁子は思うのだ
「高架なんて言っても
華やかな都心の電車と異なり
駅改札を抜けると

まるで刑務所にあるといわれる壁と
変わらないイメージではないか――」と
但し郁子に「壁」の向こうに
入っている様な友人も知人もないのに
両国駅の印象はそっくりだ
と思わせるものが在った
相田郁子は
四十代半ばだが
結婚の経験はなく
それでも十七を筆頭に宣行
徳男十五　常男十三
博十一の四人の子を持つ
深川高橋の
都営の集合住宅に四人の子供がいる

二ケ月三ケ月と
長期の帰省を行なった
その帰省のたび
五才や三才の子供を連れていた
「どうしたんだい――何処の子なんだい……」
深川の下町の人々は聞く事があけすけで
どんな事でも
その理由が通れば直に仲間にする
「今度は誰の子だい」
あけすけに物を言う人に対して
郁子は何時ものように
「私の子に決まってるじゃないかね
ほれ　目尻なんか
私の美しさにそっくりじゃないか――

あぁそれからこの子は末っ子で
攻輔というんだ　皆さん宜しくネ」
去年の一月
藪入りで熱海の勤め先から帰った郁子は
末になるという攻輔を紹介した
「あたしはサ
熱海で板付きの芸者をやっているんさ
子供はその時の
いい人との間に出来た子供なんだよ
深川のみんなもいろいろと憶測して
いろんな事を言ってくれるがさ――
この子　長男の宣行次男の徳男
三男の常男四男の博だって
みんなあたしが産んだんだよ

いろいろ言ってはくれても
オマンマが食べられなければ
親でも子でも愛情でもないじゃないか
この子供達の半分は
間違いなくあたしの子だよ」
と豪快に笑い飛ばしながら
両国駅前の八百屋の大根の値が気になるのだ
「ケエッー郁姉さんも
大根やホーレン草に眼が行くようじゃ
そろそろ焼きが回って来たと言うものかね——」
自嘲しながら背の荷物を揺り挙げた
頭の上を総武電車の
通過音がやけに響いた
「あらッーもう二つ目通りまで来たんだ」

思ったよりも早く
両国駅から二つ目通りまで歩いて来たもんだ
最近仲間と同じ事をしながら
息切れがして居るのではないかと
憶測していただけに
体力に余力のある事を知って
思わず微笑がもれていた
それに郁子は
両国駅から直接タクシーを駆け
深川集合住宅へ横付けしてやろうと
念じていたのである
東京都交通局
㉓系統柳島――月島間
路面電車の通りに行き当たり

緑町の交叉点を横切った
二つ目通りの延び行く先の空は
東京湾の広々とした海岸を連想させて
爽快そのものであった
郁子は堅川の橋の上で
新しく出来た映画館を振り返った
映画館の前を通る時は
前屈みになって風呂敷包みを
一心に背負って来た
だから映画館を通過してからその事を知った
郁子は堅川の橋の先に
一つの風景として拡がる
森下町の安全地帯を示す景色を見た
映画館が出来

駐車場が出来
風景が変わっていたのに
自分は足元の石ばかり見つめて来た
もっと緩りと歩いても
充分に間に合うのだと郁子は思った
この深川の町を何年間かに渡って
歩いて来たのであったろうか
新しい子供の手を引いて
高橋の町を歩く事の辛さが
開き直った真心一つで
押し通せるものではなかった
今背負った荷が
こんなにも軽いと感じられるのも
「今度は誰の子だい……」と

言われる心配もないからであった
高橋の安全地帯を左に直角に廻ると
通称二百五十メートルの
「夜店通り商店街」
粋な郁子お姐さんとしては
唐草の大風呂敷包みを背負った前屈みの姿を
商店街の皆さんに見せたくはなかったのだが
何某かのタクシー代を考えると
止むなしと唇を噛んだのである

楽楽橋を渡り
田中履物店を過ぎ
一杯飯屋〝ヒョータン〟を過ぎ

ミドリヤ菓子店を通り
銭湯の松の湯を越え
小路を渡り
松崎靴修理店を過ぎ
木暮自転車を左に廻ると
鉄筋コンクリート三階建ての
都営集合住宅大和寮に出合う
何時もの事なら
四十二世帯のアパートの
明かり取りから炊事のたびに
吐き出される煙が
十二の窓や明かり取りから吐き出されて
中に人が住んでいるとは
とても思えない有り様である

近所の住民は
「エントツアパート」と言って
そこに住む人々まで蔑んだ
ここの住民達は
「大和寮」に住んで居るとは言わなかったし
「エントツアパート」だとも言わず
出来る事なら
このアパートの名を告げたりはしなかった
しかし今日の郁子は
これまでの彼女と少し異なって
時間的に窓から煙の出ていない「大和寮」を
少し残念にさえ思うのだった
二階の一番右
そこに五人の子供達が居ると思うと

郁子の胸を熱い物が満たす
どんな格好でいるのか
どんな表情をしているのか——
そう思うと目の前の建物が
涙に膨らんで見えた
玄関を入ると
廊下を右に廻った
廊下に電球のない一階は暗く
二階に上がるための明かり取りの窓からは
西からの柔らかな光が射している
十段の階段を駆け上がって踊り場
九十度向きを変えて五段
相田郁子のその子供達の待つ部屋があった
宣行　徳男　常男　博　攻輔……

全員の子供達の名を口の中で言うと
胸に大きく息を吸い込み
入り口の扉に手をかけた

郁子は声を弾ませ
明るい調子で中に声を掛け扉を開いた
「何だいお前達……」と言葉にしかけた時
長男宣行の合図で
四人の男の子の頭が
賓客でも迎えるように恭しく下った
「お母さんお帰りなさい
遠い所でのお仕事お疲れ様です」
いい終わって

頭を上げた時の子供達の顔はニコニコであった
「馬鹿だねェお前達――
こんな事考えたのは誰だね」
「宣行お前のやりそうな事と
思ったんだがねぇ――
徳男とは意外だったね」
郁子は嬉しそうに
弁当箱のような四角い顔の
余り冗談も得意ではなさそうな徳男の顔を見た
「宣行兄さんと徳男兄さんとは
顔立ちが正反対みたいだけど
母さん性格はよく似てますよ」
「そうかい――本当にお前達には
済まないと思っているんだ

常男のように兄弟で暮らしていれば
各々に解り合う所があってさ……
でもおかしいさあたしも
何時までも熱海にいる訳でもないし……
そうすればお前達とも一緒に暮らせるものね」
「そっ——そうなんですか」
宣行が喜色を浮かべて郁子に言う
「兄さん　母さんの〝憧れ〟の
一緒に暮らす　ですよ
ぼく達も何回も本気にして……」
「徳男お前は賢いねぇ……
本当だ何回そう言ってお前達を喜ばし
何回ガッカリさして来た事か——
みんなもごめんよ……

母さんは何時も
お前達と暮らしたいと思っているのさ
博　攻輔――
お前達には年が小さいから
尚更に思うんだよ……」
「母さん
年が小さくて
このアパートに連れて来られたのは
宣行兄さんを除いてはみんな同じですよ」
「ですけど――」
徳男が宣行を見て言った
「本当にそうだね
母さんだって一日も早くお前達と一緒に
暮らしたいと思ってはいるんだ……

本当だよ……」

「お父さんとは――

どのお父さんと暮らしているの――」

徳男の声である

「お母さん遠くでのお仕事ご苦労様……」

と言ったりしたかと思うと

意表を突く様に今はどの男といるのかと聞く

宣行には

そうした冷たい様な言い様はないのに

徳男にはある

郁子は

徳男の顔をキッと本気になって睨みつけてから

大人に対する様に息を一つ洩らして

「今は誰もいないよ　一人で居るよ

みんな調理人でネ
半年から一年もすると
調理人は渡って行くんだ」
徳男の子供らしくない物言いに
思わず引き込まれて述懐するようにいった
「でもお父さんはいい人だったんでしょう
優しい人だったんでしょう
お母さんが好きになった人だからね」
常男の言葉に博は
ほっと救われた気持ちになっていった
そして「ぼくらみんな仲良しだもの……
お父さん達もいい人だったに違いないさ」
攻輔はそう言って口をつぐんだ
黙っていたが自ずから

気を奮い立たせるように
「一月十七日ぼくの誕生日なんだ
三年生だから九才になる」
「知ってるよ攻輔!
可愛い子攻輔の誕生日を忘れるものかね」
そう言いながら
郁子は財布の口を開いた
「常男　モッ――百五十匁買っておいで……
もう一人　博も付いて行きな――
落とすんじゃないよ」
二人の男の子は
〝うおっーッ〟と声を上げ跳ね上った
宣行が立ちながら言った
「お母さん

何だか寒いと思ったら
お帰りになった時のままに
扉が開いていますよ
何だか何処かで寒いと思って居たのだけど
入口の扉が開いていたんですね」
「私だね
みんなに会えると思ったら嬉しくて……
それに徳男発案の演出だろう――
嬉しくて
扉さえ閉めるのを忘れていたという訳ね」
郁子は上機嫌であった
子供達も上機嫌だった
宣行が入口の扉に手をかけた
上半身振り返って

部屋の中の人々を見た
部屋の中の者は
揃って愛想笑いをした
扉を閉めたのであるから
部屋は直ぐに暖まると考えた
だが部屋は暖まるどころか
まだ何処か開いている所があるらしく
少しも暖かくならない
宣行が皆に向かって
語気を強めていった
「窓が何処か開いてるみたいだが
ちょっともう一度確かめてくれる」
と言ったがまた振り返って
部屋に居る者の顔を見た　皆白い顔をしていた

宣行は「寒いな――」と言おうとして
声が凍り付いた様になっているのに気付いた
このままでは凍結してしまう――
宣行は叫びを上げた
夢だった
このままでは凍死する
宣行は徳男に手をかけ
徳男は常男に
常男は博に
博は攻輔にと言った具合に
声をかけ眼を醒ました
「徳男――この間の様な事はしてはいけないぞ
みんなで身体を擦ろう　いいな――」
三ケ月前

暖房の何一つない相田の子供達は
何処で誰に聞いたのか
家庭に入っている電線のコードを破り
そこへ針金を掛けて電気コンロに繋いだ
いわゆる〝盗電〟を三ケ月に渡って行なった
たまたま漏電の
検査に来た東電の職員が
これを見付けた
東電の職員は
都営集合住宅の管理人をしめ上げ
管理人は熱海の旅館に住み込んで働いていた
相田郁子をしめ上げた
下手をすると火事にもなりかねない事件に
集合住宅の管理人は驚き

泣きついたと云う
宣行はその事を言ったのである
五人の子供達は
冬には布団に包まって
暖かい眠りを人生の目標にしようと
歯を食いしばった

其ノ十四　再び東深川橋

朝から人が騒いでいた
ある年の夏の事である
「川に飛び込んだらしい」
「昨日の十二時頃というネ」
「いやあクリーニング屋のあそこの旦那が
焼酎を飲んでいて東深川橋から
いや——それがさ酷い事に
娘さんといて手を振り切ったらしいよ」
三三五五
そんな事を言い合いながら

近所の者共が
口々に叫び　怒鳴り合いながら橋上へと向かった
川の畔に住む者にとって
土左衛門に出会うのは
そんなに珍しい事ではない
年齢も様々だ
小学校一年生の子供が
川岸に積んであった砂に足を取られ
泥土の中に填まってしまった者
三十代の男が顔を斬られて川に落ちた者や
自殺らしいと思わせる者や様々だが
今回の探索の仕方が変わっていて
川に生きる人達の
宗教を感じさせて興味深いのである

事の始めは叺屋のオヤジの一声である
ヤジ馬とも言われる元気な人達に向かって
叺屋のオヤジサンは叫んだ
「おい——みんな
この近所でニワトリを飼っている家はないか——
知ってたら教えてくれ
飛び込んだクリーニング屋を探すんだ
悪いが草田
行水用の盥も貸してくんな——」
まだ朝六時なのに
二十人を超える人々がいる
「おおい……ニワトリ貰って来たぞ
名古屋コーチンの立派な雄だ」
「このコーチンどうする」

「大丈夫だ俺の所へ連れて来てくれ
あっそれから梯子二つ
これは流したりせずちゃんと返すから――」
「クリーニング屋の娘さんいるかい
ちょっとこっちに来てくんな
今さら鳥を乗せても
簡単には見付かるまいで
それでもみんな
高橋さんを少しでも早く
見付けてやりたいと思ってるんだ
娘さんには残酷だが
お父っつぁんはどの辺りへと
泳いで行ったんだい
教えてくりよ――」

「暗かったし夜の事だし気の毒だ――」
「下流隅田川の方なんだな――
いやァ俺も小名木川で
上流も下流もないと思っていたからよ」
みんなの顔が一斉に
小名木川の流れの中程を見た
川に飛び込んで既に六時間
クリーニング屋の旦那が
生きているなどとは誰一人思ってはいない
叺屋のオヤジは
梯子を二本並べて
川面に横たえようとしている
岸の男達も神妙になって
盥に入ったニワトリを降す

不穏な空気を察知して
ニワトリが落ち付かない
叺屋のオヤジは
大真面目になって
ニワトリに呪文を唱えながら
ニワトリの背を恭しく撫でる
川の中の叺屋のオヤジが
手を合わせ頭をたれる
川岸の者達も手を合わせ
頭を下げ呪文を唱えるのだ
川に生き
川に居る人々の間には
独特の宗教で
結ばれているに違いないのだ

盥に乗せられ
動き出した盥は流れの本流を避けて
浅野スレート工場の
排水坑の方へと流れる
「川の中程へ押し出せェ」
應に叺屋のオヤジがそう声を掛けようとした時
名古屋コーチンの雄ドリが
「クックックッ……」と低く鳴いた
水上警察の若い巡査も
この声を聞いた
小名木川から
楽楽橋へ繋がる水路にランチが入ろうとした
「済まねえお巡りさん其所をどいて下さい
仏さんが居るようで……済みません」

それから三〇分もした頃
クリーニング店の高橋清一さんは
平泳ぎの姿で発見された
ニワトリは水中の遺体の上を通る時
死者の居所を知らせてくれる——
川並達の間で信じられている儀式である

其ノ十五　扇橋閘門

この稿を興すに当たって
私は「小名木川」の簡略地図を用意した
詩集の時代設定は
昭和二十三年から同四十二年としていたのだ
小名木川にはこの二十年間
特別の事もなく
略図一枚で充分だと考えたのである
所が取り寄せた地図には
「新高橋」「新扇橋」
という名があり

先ず閘門その意味が解らない
極め付けは扇橋閘門である
どだい「閘門」の文字にしても
初お目見えである
辞書によると
水位の異なる二つの流れと
各々の建物の中で
水位を揃え船ごと隣室に押し出して
前へ進めるというのらしい
そこでハタと膝を打って理解したのが
ヨーロッパとアフリカの境にある
スエズ運河の事である
大西洋と太平洋との水位の違いを
この運河で調整しようとするものだ

だがこの時私が
〝閘門〟から受けた衝撃は
それだけではなかった
スエズ　ロシア　最強の艦隊
日露戦争
新鮮な水の不足　新鮮な野菜の不足
壊血病　脚気と連想が走り
戦争の残忍性に身の毛が弥立つ
日露戦争の結果について
歴史は様々に伝えてくれる
だが戦いは
バルチック艦隊が「スエズ運河」を通れず
普通の海路の他に三万キロメートル以上遠回りして
航海せざるを得なかった事に

ロシアの敗戦の原因はある
日露戦争は外交で勝ち
スエズを統治するイギリスが
日本の側に寄った政策を取った事にある
このためバルチック艦隊が
長征しなければならなかった事などが
素人の私にも理解できるのに
この時の体験を
なぜ他の戦に生かせなかったのだろう
扇橋の事から
以上のような反省が起こるのに
日本はロシアの艦隊と同じ失敗をする
松代なんぞに地下壕を掘っても
何のためにもならない事実

何にもならず徒らに戦争を長引かせ
多くの犠牲者を出した
それらの事が「聞門」や文字と言葉から
思い出されて愉快ではなかった
「聞門」其の物については
稿を改めて感想を述べたい

其ノ十六　小名木川

女の人が泣いている

深川に架かる橋の一つで
女の人が泣いている
欄干に　曲げた肘をつき
その上に顔を押しあて
呑み込んでいた物を
吐き出すように
突き上げてくる激しさに
上体を震わせて泣いている

川は真っ直ぐに伸びて
赤味帯びた金箔の上を
二艘のダルマ船を曳き
輪郭鮮やかに
向こうの橋の下からポンポン船が
ゆっくりとやってくる
キリコと機械油の匂いが
川面に流れ落ち
遠くの工場のサイレンが鳴り
潮は
両岸を満たして行く
哀しみは夕暮れを腐蝕する

仕事帰りの人が行き
新聞配達の少年が行き
豆腐屋の自転車が行く
誰も皆
黙って通り過ぎて行く
鉄錆色の夕暮れを
少しずつ
心に持ちながら――

水郷福住異聞

其ノ一　御船橋憧憬

真白なる　鷺ともまごう　我が友の
　生きてしありや　七十五年

墨田川の下流
永代橋の東岸
わずかに百二、三十メートル四方を
私は水郷と呼ぶ
水郷といったからと言って
葦などの水性植物が繁茂したり
水浸しの湿地帯ではない
むしろ乾燥した土地の拡がる所で

強いて言えばその狭い土地に
八つや九つの橋がまるで
重なり合う様に在る事だ
一つに御船橋
一つに黒亀橋
一つに丸太橋
一つに福島橋
一つに元木橋
一つに千鳥橋
一つに緑橋
その昔この辺りが
それだけの橋を必要とした
そして百年の後
倉庫も商家も

そして人も居なくなり橋だけが残った
私はこの一帯を
かつての繁栄と人の盛りとに
感動を込めて
〝水郷福住〟と呼ぶ
昭和三十三年三月　俺十七才
御船橋の袂に
一基のサクラが在った
ソメイヨシノの総てを
晒しきった純白の白でなく
様々の色を集めて
沈めた宵のピンク
豆州河津のサクラ

通過する路面電車の小さな明かりの集まりと
圧倒的な闇の中の自由
微かな震動に花びらを散らすサクラ
ああ何という凄艶

其ノ二　黒亀橋憧憬

昭和三十五年五月　俺十九才
亀とは水神様のお遣いだから
色が真黒であっても
その形が奇妙であっても
やはり神のお遣いなのである
黒亀橋はその事を
地で行った橋である
清洲橋の様に
永代橋の様に
見るからにその優美さは

他を抜いている
所がこの黒亀橋は
橋をデザインする者の心が
実利性にのみ
重きを置いている様なのである
私は何程の事もない
黒亀橋を渡り切った所で
暗香として薫って来るものに心を奪われた
それは僅かでありながら
きっちりとした自己主張をする香りだ
私と足並みを揃えていた明美が言った
「藤の花がこの橋の何処にあるのかしら
藤の花を
敷いて座れるだけのスペースがあるのね――」

「藤か――藤の花とはこういう香りなのか」
そう思いながら私の頭は
何時の日　何処で　誰と
居る時に嗅いだのだろうと思いを廻らしていた
私は自分が次第に
不機嫌になって行くのを感じた
明美の明るい笑顔を見ながら
小さな疑念がフッフッと湧いて出た
明美は何でもない事の様に話した
「この橋って全体に黒く塗ってあるだけの
何の取得もない橋なのね
所がある年
この橋に一本の藤の蔓が巻き付けられて
その翌年から花が咲く様になったそうよ

いいお話でしょう……」
明美の黒目勝ちの瞳は
誰のために閉じられたのか
藤の花を敷いた草地で
明美の唇は誰のために吸われてしまったのか——
私の胸に疑念が湧いてきて
心を静めるだけでも頭がずきずきと痛んだ

其ノ三　丸太橋憧憬

昭和三十七年六月　俺二十一才
貯木場の中に浮いている丸太が
そのまま橋に利用された様な
素朴でこれが橋だとでも言うのか
原始的な丸太二本の橋
だが現実では
手斧で枝を削り取った様な
思わず手の掌で橋の表面を撫でたくなる
黒亀橋同様
粋な大工がいて

この橋の欄干に
牡丹の株を移植して
花が開く
橋ごとに特徴のある植物を植え
思いを競い合った
何とゆとりのある
何と風流な競演があった事か
人の噂に云う
この橋を飾るのは
奈良県桜井市の初瀬寺の牡丹だ

其ノ四　福島橋憧憬

昭和四十三年七月　俺二十六才
事の興りはまったく意図したものでなく
大々的に構えたものでもない
民間信仰の様に
一つ　次にも一つ　又一つといった具合に
鉢が集まり始めたのであろう
この橋の欄干には
植木鉢が並べられ置かれて
一つの景色をなしている
十五センチ程の朝顔の植木鉢なのだが

どの植木鉢にも朝顔がいけられて居り
その花の色が白色というのである
始め一つ二つと観ている内は
特別の感情もないのだが
二つ目鉢三つ目鉢となると
異様さに気付くと云う
一説に大工の幼児が
この橋から落ちたためだと云う者
女性に袖にされ
その決別の色が白色だと云う者
様々に取り沙汰されているが
どの話もありそうに思える
朝顔の白というのは若い男女の
ロマンチックな心を刺激して

また一方では
僅かな時間しか持たない花の
特性もあって人気があるのだ
また欲張っていい添えるなら
朝顔は東京下町を代表する花でもある

其ノ五　元木橋憧憬

どんな流れがあれば
井桁のような橋が組めるのか
その昔この辺りは
人の足でも
踏み分ける事の難しい程の水路があった
その事はそれだけに
商いも盛んであったのだ
今黙って腰を降し
眼を閉じれば喧騒の中から
若い男　中年の男の声が聞こえる

みんなが溌溂としている
ひとしきりの幻聴が過ぎると
桁を流れる水の音
みんな遠くへ遠くへと去ってしまった
残ったのは元木橋

其ノ六　千鳥橋憧憬

昔　路面電車の通りの向こうは
穏やかな内海の砂浜であった
何羽もの脚の長い千鳥たちで
自慢気に脚を投げ出す様に
縦横に歩き回った
ほとんど波のない入江でも
千鳥は水に脚を濡らさなかった
チッチッチッ……
夕陽に向かって得意のタップを踊る
波は遠くで砕けている

ぼくは橋の上に横たわり
入り陽の温もりを確かめる
千鳥橋
白い影となって空に飛ぶ
あ　明美――

其ノ七　緑橋憧憬

船大工の留吉は
握った槌をあるかないかの重さで振り挙げ
頭の真上でチョイの間息を止め
槌自身の重さで振り降ろした
「サクッー」でもない
「カーン」でもない
木製の槌の音を残して
一寸程頭を出していた四角錐の船釘は
物の見事に板の中に減り込み
表面には槌の打ち跡も残さず

他の板と同化して見事であった
留吉は船釘の大きなズダ袋を
下腹の前へ回すと
左手を袋に入れザラザラと
残った釘の数を確かめる様にした
留吉が使っているのは
船釘といっても比較的短かめの物だった
短いと云っても一尺はあったろう
船大工留吉は
釘袋を腰から解くと
今し方最後の釘を打ち込んだ跡へ袋を置き
欄干に手を掛け
水郷の流れに鍵状に架けた
向かいの橋を眺めた

他の組の者が架けたものと
数えて七ッ
艀が走り
ポンポン船が入る運河
水郷と呼ぶに相応しい福住
「これもまた何と見事な
橋の眺めではないか」
と思った

大きな騒音が
大小さまざまな騒音を曳いて静かに止まる
あれはここから二つ手前の
門前仲町の安全地帯に

滑り込んだ路面電車に違いない
一分足らずの静寂の後に
再び大きな音がする
大きな音　騒音と云っても
遠く道を隔てていると
バック・グラウンド・ミュージックの様に思われ
これも大都会東京の〝音〟と思えば
それなりにまた心地よくもあるのだ
大きな騒音と
大小様々な騒音を交え
何時もの時間帯よりも少し長目に思えるのは
あの電車が最終電車であるためだろう
電車は門前仲町の交叉点を渡ると
モーター音の回転数を上げて

「深川二丁目」の安全地帯に駆け込む
モーターが軽く回り
一分間もの間も取らずに走り出す
「深川二丁目」では人が余り乗らなかった様だ
モーターの回転音も軽くやって来た
路面電車の行き先表示窓には
赤い電球が灯っている
つまり今日最後の電車なのだ
「深川二丁目」の安全地帯に
路面電車が入る
乗客の姿はない
それでも電車は停まる
「深川二丁目——二丁目」
車掌がひときわ大きく声を掛けて

運転士へ鐘を打つための紐を引く
「次は佐賀町——佐賀町——」
車掌の呼ばわりを誰一人聞いていない
車掌は知らないのだ　二十年前の事
毎朝この「深川一丁目から白鷺のような
気高い姿の少女が乗り降りした事を——」
どんなに電車が混んでいても
その少女が立つだけの空間が
電車の中に生じていた
色白で長身
黒眼勝ちの瞳が微笑すると
乗客の誰もが
楽しい気持ちにさせられるのであった
「深川一丁目」の安全地帯に

少女は立たなくなったのと
路面電車が走らなくなったのと
どちらが先であったのか今
永代橋へと登り行く電車
あれが㉙系統
葛西橋――須田町間が最後となったのか
人間もそうであるが
その最後はどうなったのか知る由もない
何処へ行ったのか解らないのである
都内を走り廻っていた路面電車でさえ
最後はどうなったのか知らないのだ
終着の「須田町」にだって
着いたのか着いていなかったのか
そういえばあの若い車掌

帽子に着いた顎紐を
顎の下に強く引きつけていた
永代橋を渡るだけの路面電車に
どれだけの危険が待っているのだろうか
そういえばあの日のあの時の電車は
妙に物解りのいい運行をしていたではないか
そういえばあの路面電車
行先表示窓の最終を知らせる
「赤ランプ」が二つも灯っていた
何と何からの最終であったのか――
そういえばあの電車の日から
「深川一丁目」の安全地帯にあの白鷺の様な
気高く美しい人の姿はなくなった
水郷の明美も居なくなってしまった

著者略歴

1940年　旧満州国新京に生まれる。

1983年　失明

詩集に「浅利売りの来る町」「信濃の風」

　　　「受手夢」「草の連鎖」「タルタロス」。

エッセイ集に「句のある風景・遠花火」「かみさんと猫たち」。

紀行文に「奥羽本線夏紀行」がある。

詩集　小名木川

平成二十七年十一月一日　第一刷発行

著　者　島《しま》田《だ》紀《のり》孝《たか》

発行者　石澤三郎

発行所　株式会社　栄光出版社

〒140-0002 東京都品川区東品川1の37の5

電　話　03(3471)1235

FAX　03(3471)1237

印刷　モリモト印刷㈱

検印省略

ISBN 978-4-7541-0151-0